FOLIO JUNIOR

théâtre

Finissez vos phrases !

Jean Tardieu

Postface
de Laurent Flieder

Petit carnet de mise en scène
de Denis Podalydès

Gallimard Jeunesse

Sommaire

Un mot pour un autre

comédie

Préambule

Vers l'année 1900 – époque étrange entre toutes –, une curieuse épidémie s'abattit sur la population des villes, principalement sur les classes fortunées. Les misérables atteints de ce mal prenaient soudain les mots les uns pour les autres, comme s'ils eussent puisé au hasard les paroles dans un sac.

Le plus curieux est que les malades ne s'apercevaient pas de leur infirmité, qu'ils restaient d'ailleurs sains d'esprit, tout en tenant des propos en apparence incohérents, que, même au plus fort du fléau, les conversations mondaines allaient bon train, bref que le seul organe atteint était : le « vocabulaire ».

Ce fait historique – hélas, contesté par quelques savants – appelle les remarques suivantes :

que nous parlons souvent pour ne rien dire,

que si, par chance, nous avons quelque chose à dire, nous pouvons le dire de mille façons différentes,

que les prétendus fous ne sont appelés tels que parce que l'on ne comprend pas leur langage,

que dans le commerce des humains, bien souvent les mouvements du corps, les intonations de la voix et l'expression du visage en disent plus long que les paroles, et aussi que les mots

n'ont, par eux-mêmes, d'autres sens que ceux qu'il nous plaît de leur attribuer.
Car enfin, si nous décidons ensemble que le cri du chien sera nommé hennissement et aboiement celui du cheval, demain nous entendrons tous les chiens hennir et tous les chevaux aboyer.
C'est à l'habileté des comédiens que nous remettons le soin de nous prouver ces quelques vérités, du reste bien connues, dans la petite scène que voici :

Personnages

MADAME
MADAME DE PERLEMINOUZE
MONSIEUR DE PERLEMINOUZE
IRMA, *servante de Madame*

Décor : *un salon plus « 1900 » que nature.*

Au lever du rideau, Madame est seule. Elle est assise sur un « sopha » et lit un livre.

IRMA, *entrant et apportant le courrier.*

Madame, la poterne vient d'élimer le fourrage...

Elle tend le courrier à Madame, puis reste plantée devant elle, dans une attitude renfrognée et boudeuse.

MADAME, *prenant le courrier.*

C'est tronc !... Sourcil bien !... *(Elle commence à examiner les lettres puis, s'apercevant qu'Irma est toujours là :)* Eh bien, ma quille ! Pourquoi serpez-vous là ? *(Geste de congédiement.)* Vous pouvez vidanger !

IRMA

C'est que, Madame, c'est que...

MADAME

C'est que, c'est que, c'est que quoi-quoi ?

Irma

C'est que je n'ai plus de « Pull-over » pour la crécelle…

Madame, *prend son grand sac posé à terre à côté d'elle et après une recherche qui paraît laborieuse, en tire une pièce de monnaie qu'elle tend à Irma.*

Gloussez ! Voici cinq gaulois ! Loupez chez le petit soutier d'en face : c'est le moins foreur du panier…

Irma, *prenant la pièce comme à regret, la tourne et la retourne entre ses mains, puis :*

Madame, c'est pas trou : yaque, yaque…

Madame

Quoi-quoi : yaque-yaque ?

Irma, *prenant son élan.*

Y-a que, Madame, yaque j'ai pas de gravats pour mes haridelles, plus de stuc pour le bafouillis de ce soir, plus d'entregent pour friser les mouches… plus rien dans le parloir, plus rien pour émonder, plus rien… plus rien… (*Elle fond en larmes.*)

Madame, *après avoir vainement exploré son sac de nouveau et l'avoir montré à Irma.*

Et moi non plus, Irma ! Ratissez : rien dans ma limande !

IRMA, *levant les bras au ciel.*

Alors ! Qu'allons-nous mariner, mon Pieu ?

MADAME, *éclatant soudain de rire.*

Bonne quille, bon beurre ! Ne plumez pas ! J'arrime le comte d'un croissant à l'autre. *(Confidentielle.)* Il me doit plus de cinq cents crocus !

IRMA, *méfiante.*

Tant fieu s'il grogne à la godille, mais tant frit s'il mord au Saupiquet !… (*Reprenant sa litanie* :) Et moi qui n'ai plus ni froc ni gel pour la meulière, plus d'arpège pour les…

MADAME, *l'interrompant avec agacement.*

Salsifis ! Je vous le plie et le replie : le comte me doit des lions d'or ! Pas plus lard que demain. Nous fourrons dans les Grands Argousins : vous aurez tout ce qu'il clôt. Et maintenant, retournez à la basoche ! Laissez-moi saoule ! *(Montrant son livre.)* Laissez-moi filer ce dormant ! Allez, allez ! Croupissez ! Croupissez !

IRMA *se retire en maugréant. Un temps.*

Puis la sonnette de l'entrée retentit au loin.

Irma, *entrant. Bas à l'oreille de Madame et avec inquiétude.*
C'est Madame de Perleminouze, je fris bien : Madame *(elle insiste sur « Madame »)*, Madame de Perleminouze !

Madame, *un doigt sur les lèvres, fait signe à Irma de se taire, puis, à voir haute et joyeuse.*
Ah ! quelle grappe ! Faites-la vite grossir !

Irma sort. Madame, en attendant la visiteuse, se met au piano et joue. Il en sort un tout petit air de boîte à musique.
Retour d'Irma, suivie de Madame de Perleminouze.

Irma, *annonçant.*
Madame la comtesse de Perleminouze !

Madame, *fermant le piano et allant au-devant de son amie.*
Chère, très chère peluche ! Depuis combien de trous, depuis combien de galets n'avais-je pas eu le mitron de vous sucrer !

Madame de Perleminouze, *très affectée.*
Hélas ! chère ! j'étais moi-même très, très vitreuse ! Mes trois plus jeunes tourteaux ont eu la citronnade, l'un après l'autre. Pendant tout le début du corsaire, je n'ai fait que nicher des moulins, courir chez le ludion ou chez le tabouret, j'ai passé des puits à surveiller leur carbure, à leur donner des

pinces et des moussons. Bref, je n'ai pas eu une minette à moi.

MADAME

Pauvre chère ! Et moi qui ne me grattais de rien !

MADAME DE PERLEMINOUZE

Tant mieux ! Je m'en recuis ! Vous avez bien mérité de vous tartiner, après les gommes que vous avez brûlées ! Poussez donc : depuis le mou de Crapaud jusqu'à la mi-Brioche, on ne vous a vue ni au « Waterproof », ni sous les alpagas du bois de Migraine ! Il fallait que vous fussiez vraiment gargarisée !

MADAME, *soupirant.*

Il est vrai !... Ah ! quelle céruse ! Je ne puis y mouiller sans gravir.

MADAME DE PERLEMINOUZE, *confidentiellement.*

Alors, toujours pas de pralines ?

MADAME

Aucune.

MADAME DE PERLEMINOUZE

Pas même un grain de riflard ?

MADAME

Pas un ! Il n'a jamais daigné me repiquer, depuis le flot où il m'a zébrée !

MADAME DE PERLEMINOUZE

Quel ronfleur ! Mais il fallait lui racler des flammèches !

MADAME

C'est ce que j'ai fait. Je lui en ai raclé quatre, cinq, six peut-être en quelques mous : jamais il n'a ramoné.

MADAME DE PERLEMINOUZE

Pauvre chère petite tisane !... *(Rêveuse et tentatrice.)* Si j'étais vous, je prendrais un autre lampion !

MADAME

Impossible ! On voit que vous ne le coulissez pas ! Il a sur moi un terrible foulard ! Je suis sa mouche, sa mitaine, sa sarcelle ; il est mon rotin, mon sifflet ; sans lui je ne peux ni coincer ni glapir ; jamais je ne le bouclerai ! *(Changeant de ton.)* Mais j'y touille, vous flotterez bien quelque chose : une cloque de zoulou, deux doigts de loto ?

MADAME DE PERLEMINOUZE, *acceptant.*

Merci, avec grand soleil.

MADAME, *elle sonne, sonne en vain.*

Se lève et appelle.

Irma!... Irma, voyons!... Oh! cette biche! Elle est courbe comme un tronc... Excusez-moi, il faut que j'aille à la basoche, masquer cette pantoufle. Je radoube dans une minette.

Madame de Perleminouze, restée seule, commence par bâiller. Puis elle se met de la poudre et du rouge. Va se regarder dans la glace. Bâille encore, regarde autour d'elle, aperçoit le piano.

MADAME DE PERLEMINOUZE

Tiens! un grand crocodile de concert! *(Elle s'assied au piano, ouvre le couvercle, regarde le pupitre.)* Et voici naturellement le dernier ragoût des mascarilles à la mode!... Voyons! Oh! celle-ci, qui est si « to-be-or-not-to-be »!

Elle chante une chanson connue de l'époque 1900, mais elle en change les paroles.

Par exemple, sur l'air :

« Les petites Parisiennes

Ont de petits pieds... »

elle dit : « ... Les petites Tour-Eiffel

Ont de petits chiens... », *etc.*

À ce moment, la porte du fond s'entrouvre et l'on voit paraître dans l'entrebâillement la tête de Monsieur de Perleminouze, avec son haut-de-forme et son monocle. Madame de Perleminouze l'aperçoit. Il est surpris au moment où il allait refermer la porte.

MONSIEUR DE PERLEMINOUZE, *à part.*

Fiel!... Ma pitance!

MADAME DE PERLEMINOUZE, *s'arrêtant de chanter.*

Fiel!... Mon zébu!... *(Avec sévérité :)* Adalgonse, quoi, quoi, vous ici? Comment êtes-vous bardé?

MONSIEUR DE PERLEMINOUZE, *désignant la porte.*

Mais par la douille!

MADAME DE PERLEMINOUZE

Et vous bardez souvent ici?

MONSIEUR DE PERLEMINOUZE, *embarrassé.*

Mais non, mon amie, ma palme... mon bizon. Je... j'espérais vous raviner... c'est pourquoi je suis bardé! Je...

MADAME DE PERLEMINOUZE

Il suffit! Je grippe tout! C'était donc vous, le mystérieux sifflet dont elle était la mitaine et la sarcelle! Vous, oui, vous qui veniez faire ici le mascaret, le beau boudin noir, le joli-pied, pendant que moi, moi, eh bien, je me ravaudais les palourdes à babiller mes pauvres tourteaux… *(Les larmes dans la voix :)* Allez!… Vous n'êtes qu'un…

À ce moment, ne se doutant de rien, Madame revient.

MADAME, *finissant de donner des ordres à la cantonade.*

Alors, Irma, c'est bien tondu, n'est-ce pas ? Deux petits dolmans au linon, des sweaters très glabres, avec du flou, une touque de ramiers sur du pacha et des petites glottes de sparadrap loti au frein… *(Apercevant le comte. À part :)* Fiel!… Mon lampion!

Elle fait cependant bonne contenance. Elle va vers le comte, en exagérant son amabilité pour cacher son trouble.

MADAME

Quoi, vous ici, cher comte ? Quelle bonne tulipe! Vous venez renflouer votre chère pitance ?… Mais comment donc êtes-vous bardé ?

LE COMTE, *affectant la désinvolture.*

Eh bien, oui, je bredouillais dans les garages, après ma séance au sleeping ; je me suis dit : Irène est sûrement chez sa farine. Je vais les susurrer toutes les deux!

MADAME

Cher comte *(désignant son haut-de-forme),* posez donc votre candidature!… Là… *(poussant vers lui un fau-*

teuil) et prenez donc ce galopin. Vous devez être caribou ?

LE COMTE, *s'asseyant.*

Oui, vraiment caribou ! Le Saupiquet s'est prolongé fort dur. On a frétillé, rançonné, re-rançonné, re-frétillé, câliné des boulettes à pleins flocons : je me demande où nous cuivrera tout ce potage !

MADAME DE PERLEMINOUZE, *affectant un aimable persiflage.*

Chère ! mon zébu semble tellement à ses planches dans votre charmant tortillon… que l'on croirait… oserais-je le moudre ?

MADAME, *riant.*

Mais oui !… Allez-y, je vous en mouche !

MADAME DE PERLEMINOUZE, *soudain plus grave, regardant son amie avec attention.*

Eh bien oui ! l'on croirait qu'il vient souvent ici ronger ses grenouilles : il barde là tout droit, le sous-pied sur l'oreille, comme s'il était dans son propre finistère !

MADAME, *affectant de rire très fort.*

Eh ! vous avez le pot pour frire ! Quelle crémone !… Mais voyons, le comte est si glaïeul, si… *(cherchant ses mots)* si evershap… si chamarré de l'édredon, qu'il ne se contenterait pas de ma pauvre petite bouilloire, ni… *(désignant modestement le salon)* de ce modeste miroton !

LE COMTE, *très galant.*

Ce miroton est un bavoir qui sera pour moi toujours plein de punaises, chère amie !

MADAME

Baste ! Mais il y a bien d'autres bouteilles à son râtelier !… *(L'attaquant :)* N'est-ce pas, cher comte ?

LE COMTE, *balbutiant, très gêné.*

Mais je ne… mais que voulez-vous frire ?

MADAME

Comment ? Mais ne dit-on pas que l'on vous voit souvent chez la générale Mitropoulos et que vous sarclez fort son pourpoint, en vrai palmier du Moyen Âge ?

LE COMTE

Mais… mais… nulle soupière ! Pas le moindre poteau dans ce coquetier, je vous assure.

MADAME, *s'échauffant.*

Ouais !… Et la peluche de madame Verjus, est-ce qu'elle n'est pas toujours pendue à vos cloches ?

Le Comte, *se défendant, très digne.*

Mais… mais… sirotez, sirotez !…

Madame de Perleminouze, *s'amusant de la scène et décidée à en profiter pour mêler ses reproches à ceux de sa rivale.*

Tiens ! tiens ! Je vois que vous brassez mon zébu mieux que moi-même ! Bravo !… Et si j'ajoutais mon brin de mil à ce toucan ? Ah ! ah ! mon cher. « Tel qui roule radis, pervenche pèlera ! » Ne dois-je pas ajouter que l'on vous rencontre le sabre glissé dans les chambranles de la grande Fédora ?

Le Comte, *très Jules-César-parlant-à-Brutus-le-jour-de-l'assassinat.*

Ah ça ! vous aussi, ma cocarde ?

Madame de Perleminouze

Il n'y a pas de cocarde ! Allez, allez ! on sait que vous pommez avec Lady Braetsel !

Madame

Comment ? Avec cette grande corniche ? *(Éclatant.)* Ne serait-ce pas plutôt avec la baronne de Marmite ?

Madame de Perleminouze, *sursautant.*

Comment ? Avec cette petite bobèche ? *(Méprisante.)* À votre place, monsieur, je préférerais la vieille popote qui fait le lutin près du Pont-Bœuf !…

Le Comte, *debout, se gardant à gauche et à droite, très Jean-le-Bon-à-Poitiers.*

Mais… mais c'est une transpiration, une vraie transpiration !…

Madame et Madame de Perleminouze, *le harcelant et le poussant vers la porte.*

Monsieur, vous n'êtes qu'un sautoir !

Madame

Un fifre !

Madame de Perleminouze

Un serpolet !

Madame

Une iodure !

Madame de Perleminouze

Un baldaquin !

Madame

Un panier plein de mites !

Madame de Perleminouze

Un ramasseur de quilles !

MADAME
Un fourreur de pompons !

MADAME DE PERLEMINOUZE
Allez repiquer vos limandes et vos citronnelles !

MADAME
Allez jouer des escarpins sur leurs mandibules !

MADAME ET MADAME DE PERLEMINOUZE, *ensemble.*
Allez ! Allez ! Allez !

LE COMTE, *ouvrant la porte derrière lui et partant à reculons face au public.*
C'est bon ! c'est bon ! Je croupis ! Je vous présente mes garnitures. Je ne voudrais pas vous arrimer ! Je me débouche ! Je me lappe *! (S'inclinant vers Madame.)* Madame, et chère cheminée !... *(Puis vers sa femme.)* Ma douce patère, adieu et à ce soir.

Il se retire.

MADAME DE PERLEMINOUZE, *après un silence.*
Nous tripions ?

MADAME, *désignant la table à thé.*
Mais, chère amie, nous allions tortiller ! Tenez, voici justement Irma !

Irma entre et pose le plateau sur la table.
Les deux femmes s'installent de chaque côté.

MADAME, *servant le thé.*
Un peu de footing?

MADAME DE PERLEMINOUZE, *souriante et aimable comme si rien ne s'était passé.*
Vol-au-vent!

MADAME
Deux doigts de potence?

MADAME DE PERLEMINOUZE
Je vous en mouche!

MADAME, *offrant du sucre.*
Un ou deux marteaux?

MADAME DE PERLEMINOUZE
Un seul, s'il vous plaît!

Rideau

Finissez vos phrases !

ou

Une heureuse rencontre

comédie

Personnages

Monsieur A, *quelconque. Ni vieux, ni jeune.*

Madame B, *même genre.*

Monsieur A et Madame B, personnages quelconques, mais pleins d'élan (comme s'ils étaient toujours sur le point de dire quelque chose d'explicite) se rencontrent dans une rue quelconque, devant la terrasse d'un café.

MONSIEUR A, *avec chaleur.*

Oh ! chère amie. Quelle chance de vous…

MADAME B, *ravie.*

Très heureuse, moi aussi. Très heureuse de… vraiment oui !

MONSIEUR A

Comment allez-vous, depuis que ?…

MADAME B, *très naturelle.*

Depuis que ? Eh bien ! J'ai continué, vous savez, j'ai continué à…

MONSIEUR A

Comme c'est !… Enfin, oui vraiment, je trouve que c'est…

MADAME B, *modeste.*

Oh ! n'exagérons rien ! C'est seulement, c'est uniquement... Je veux dire : ce n'est pas tellement, tellement...

MONSIEUR A, *intrigué, mais sceptique.*

Pas tellement, pas tellement, vous croyez ?

MADAME B, *restrictive.*

Du moins je le... je, je, je... Enfin !...

MONSIEUR A, *avec admiration.*

Oui, je comprends : vous êtes trop, vous avez trop de...

MADAME B, *toujours modeste, mais flattée.*

Mais non, mais non : plutôt pas assez...

MONSIEUR A, *réconfortant.*

Taisez-vous donc ! Vous n'allez pas nous... ?

MADAME B, *riant franchement.*

Non ! non ! Je n'irai pas jusque-là !

Un temps très long. Ils se regardent l'un l'autre en souriant.

MONSIEUR A

Mais, au fait ! puis-je vous demander où vous... ?

Madame B, *très précise et décidée.*

Mais pas de ! Non, non, rien, rien. Je vais jusqu'au, pour aller chercher mon. Puis je reviens à la.

Monsieur A, *engageant et galant, offrant son bras.*

Me permettez-vous de... ?

Madame B

Mais, bien entendu ! Nous ferons ensemble un bout de.

Monsieur A

Parfait, parfait ! Alors, je vous en prie. Veuillez passer par ! Je vous suis. Mais, à cette heure-ci, attention à, attention aux !

Madame B, *acceptant son bras, soudain volubile.*

Vous avez bien raison. C'est pourquoi je suis toujours très. Je pense encore à mon pauvre. Il allait, comme ça, sans – ou plutôt avec. Et tout à coup, voilà que ! Ah ! là là ! brusquement ! Parfaitement. C'est comme ça que. Oh ! j'y pense, j'y pense ! Lui qui ! Avoir eu tant de ! Et voilà que plus ! Et moi je, moi je, moi je !

Monsieur A

Pauvre chère ! Pauvre lui ! Pauvre vous !

MADAME B, *soupirant.*

Hélas oui ! Voilà le mot ! C'est cela !

Une voiture passe vivement, en klaxonnant.

MONSIEUR A, *tirant vivement Madame B en arrière.*

Attention ! voilà une !

Autre voiture, en sens inverse. Klaxon.

MADAME B

En voilà une autre !

MONSIEUR A

Que de ! Que de ! Ici pourtant ! On dirait que !

MADAME B

Eh bien ! Quelle chance ! Sans vous, aujourd'hui, je !

MONSIEUR A

Vous êtes trop ! Vous êtes vraiment trop !

Soudain changeant de ton. Presque confidentiel.

Mais si vous n'êtes pas, si vous n'avez pas, ou plutôt : si vous avez, puis-je vous offrir un ?

MADAME B

Volontiers. Ça sera comme une! Comme de nouveau si...

MONSIEUR A, *achevant.*

Pour ainsi dire. Oui. Tenez, voici justement un. Asseyons-nous!

Ils s'assoient à la terrasse du café.

MONSIEUR A

Tenez, prenez cette... Êtes-vous bien?

MADAME B

Très bien, merci, je vous.

MONSIEUR A, *appelant.*

Garçon!

LE GARÇON, *s'approchant.*

Ce sera?

MONSIEUR A, *à Madame B.*

Que désirez-vous, chère...?

MADAME B, *désignant une affiche d'apéritif.*

Là... là : la même chose que... En tout cas, mêmes couleurs que.

Le garçon

Bon, compris ! Et pour Monsieur ?

Monsieur A

Non, pour moi, plutôt la moitié d'un ! Vous savez !

Le garçon

Oui. Un demi ! D'accord ! Tout de suite. Je vous.

Exit le garçon. Un silence.

Monsieur A, *sur le ton de l'intimité.*

Chère ! si vous saviez comme, depuis longtemps !

Madame B, *touchée.*

Vraiment ? Serait-ce depuis que ?

Monsieur A, *étonné.*

Oui ! Justement ! Depuis que ! Mais comment pouviez-vous ?

Madame B, *tendrement.*

Oh ! vous savez ! Je devine que. Surtout quand.

Monsieur A, *pressant.*

Quand quoi ?

MADAME B, *péremptoire.*

Quand quoi ? Eh bien, mais : quand quand.

MONSIEUR A, *jouant l'incrédule, mais satisfait.*

Est-ce possible ?

MADAME B

Lorsque vous me mieux, vous saurez que je toujours là.

MONSIEUR A

Je vous crois, chère !... *(Après une hésitation, dans un grand élan.)* Je vous crois, parce que je vous !

MADAME B, *jouant l'incrédule.*

Oh ! vous allez me faire ? Vous êtes un grand !...

MONSIEUR A, *laissant libre cours à ses sentiments.*

Non ! non ! c'est vrai ! Je ne puis plus me ! Il y a trop longtemps que ! Ah ! si vous saviez ! C'est comme si je ! C'est comme si toujours je ! Enfin, aujourd'hui, voici que, que vous, que moi, que nous !

MADAME B, *émue.*

Ne pas si fort ! Grand, grand ! On pourrait nous !

Monsieur A

Tant pis pour ! Je veux que chacun, je veux que tous ! Tout le monde, oui !

Madame B, *engageante, avec un doux reproche.*

Mais non, pas tout le monde : seulement nous deux !

Monsieur A, *avec un petit rire heureux et apaisé.*

C'est vrai ? Nous deux ! Comme c'est ! Quel ! Quel !

Madame B, *faisant chorus avec lui.*

Tel quel ! Tel quel !

Monsieur A

Nous deux, oui oui, mais vous seule, vous seule !

Madame B

Non non : moi vous, vous moi !

Le garçon, *apportant les consommations.*

Boum ! Voilà ! Pour Madame !... Pour Monsieur !

Monsieur A

Merci... combien je vous ?

Le garçon

Mais c'est écrit sur le, sur le...

Monsieur A

C'est vrai. Voyons!... Bon, bien! Mais je n'ai pas de... Tenez voici un, vous me rendrez de la.

Le garçon

Je vais vous en faire. Minute!

Exit le garçon.

Monsieur A, *très amoureux.*

Chère, chère. Puis-je vous : chérie?

Madame B

Si tu...

Monsieur A, *avec emphase.*

Oh! le «si tu»! Ce «si tu»! Mais, si tu quoi?

Madame B, *dans un chuchotement rieur.*

Si tu, chéri!

Monsieur A, *avec un emportement juvénile.*

Mais alors! N'attendons pas ma! Partons sans! Allons à! Allons au!

Madame B, *le calmant d'un geste tendre.*

Voyons, chéri! soyez moins! soyez plus!

Le Garçon, *revenant et tendant la monnaie.*

Voici votre !.. Et cinq et quinze qui font un !

Monsieur A

Merci. Tenez ! Pour vous !

Le garçon

Merci.

Monsieur A, *lyrique, perdant son sang-froid.*

Chérie, maintenant que ! Maintenant que jamais ici plus qu'ailleurs n'importe comment parce que si plus tard, bien qu'aujourd'hui c'est-à-dire, en vous, en nous... *(s'interrompant soudain, sur un ton de sous-entendu galant)*, voulez-vous que par ici ?

Madame B, *consentante, mais baissant les yeux pudiquement.*

Si cela vous, moi aussi.

Monsieur A

Oh ! ma ! Oh ! ma ! Oh ! ma, ma !

Madame B

Je vous ! À moi vous ! *(Un temps, puis, dans un souffle.)* À moi tu !

Ils sortent.

Rideau

Les mots inutiles

comédie

Personnages

Le Présentateur, *sans caractéristique spéciale. Doit articuler parfaitement.*

Monsieur Pérémère, *une soixantaine d'années. Vieux beau, l'air idiot et noble, très « distingué ».*

Madame Pérémère, *une cinquantaine d'années. Prétentieuse, un peu gourde, l'air toujours effaré.*

Dora, *leur fille. Jeune, jolie, insolente et provocante.*

Le Prétendant, *pâle, tendre et tremblant.*

UNE VOIX OFF

La scène se passe dans le salon d'un hôtel pour touristes élégants, à la campagne, pendant l'été.

Il est environ 3 heures de l'après-midi, par une belle journée du mois d'août qui inonde de lumière le salon, malgré les stores baissés çà et là.
Au lever du rideau, Madame Pérémère est assise, face au public près d'une porte-fenêtre (à gauche) qui donne sur un jardin fleuri. Elle tricote. Un peu plus loin – également face au public – Monsieur Pérémère est assis devant une petite table à jeu et fait une « réussite ».
Un silence, pendant lequel le Présentateur, d'abord caché sur l'avant-scène, s'avance discrètement et, « mezza voce », explique l'argument.

LE PRÉSENTATEUR

Les paroles volent, dit-on, de bouche en bouche et d'oreille en oreille.
Elles vibrent, elles bourdonnent dans l'air comme des moustiques.

D'ailleurs, chaque tête, même la plus légère, n'est-elle pas comme un dictionnaire rempli de mots prêts à tourner à tous les vents ?
Prêtez l'oreille et, à travers les paroles qu'échangent des personnes sensées, vous entendrez la danse absurde des mots en liberté.

Le Présentateur disparaît.

MONSIEUR PÉRÉMÈRE, *à mi-voix, tout en disposant les cartes de sa réussite avec le plus grand sérieux.*

Un dix de trèfle, une dame de cœur, un valet de pique, un chat de gouttière, une vache à lait… Voyons, voyons ! *(Réfléchissant.)* Je retourne encore celle-ci, œuf à la coque, gare de triage et voici l'as de carreau !… Diable !… Et toi, l'autre petite, dans le coin, ne vais-je pas te soulever, jupon, soutien-gorge et mandragore ?…
Allons, du courage ! Du courage à la vapeur, à la hussarde, ôte-toi de là que je m'y mette, crapaud-buffle, queue de rat !

MADAME PÉRÉMÈRE, *sans lever les yeux et continuant à tricoter.*

Vous êtes bien silencieux, Gustave ? Poil de carotte et riz caroline, vous n'êtes pas souffrant, j'espère ?

MONSIEUR PÉRÉMÈRE

Mais non, mon amie, chiendent, moleskine ! *(Avec*

une nuance d'humeur.) Crocodile, pistache, jujube, vous voyez bien que je fais une réussite !

MADAME PÉRÉMÈRE

Bon, bon ! *(Avec un soupir :)* Mais vous savez, linon, téléphone et bretelle, combien votre silence me pèse, à la ville comme à la campagne. *(Comme en écho atténué :)* Au chenil comme au poulailler, boule de gomme, sinapisme, aventure…

MONSIEUR PÉRÉMÈRE, *agacé, haussant les épaules et continuant sa réussite.*

Depuis trente ans que vous le subissez, mon silence, Artaxerxès, plume de coq, poule au pot, vous vous y habituerez bien un jour.

Un court silence. Puis, chacun, continuant, l'un sa réussite, l'autre son tricot, se met à murmurer ou ronchonner des mots sans suite qui, pareils au vain crissement des insectes dans l'herbe, semblent symboliser la chaleur d'un après-midi d'été.

MONSIEUR PÉRÉMÈRE, *comme encore en colère.*

Grosse mère, pile ou face, je pose six et je retiens mouche ! Râteau, ficelle, boulet, la truite, bande de vauriens, si je vous tenais, va te faire lanlaire, fille de peu, propre à rien, fais tes malles et fiche-moi la paix…

MADAME PÉRÉMÈRE, *comme rongeant son frein.*

J'aurais dû, tarte aux fraises, mais aussi, cinquante kilos, attends un peu, fils à papa, saltimbanque, billet de banque, compte en banque, rastaquouère, moustache en croc, croc-en-jambe, bilboquet, savon, locomotive, surprise, soupière…

Dora, en costume de plage, provocante et joyeuse, entre brusquement par la porte du fond.

DORA

Tiens, vous êtes là ? Vous dormiez, boules de suif?

Monsieur et Madame Pérémère relèvent brusquement la tête, comme sortant d'un assoupissement.

MONSIEUR PÉRÉMÈRE

Mais non, bouteille !

MADAME PÉRÉMÈRE

Pas du tout, pois chiche !

DORA

Je croyais, homard ! *(S'approchant :)* Vous ne venez pas un peu à la plage ? Vulcain, groseille, tyran, satin, miracle, il y fait bien meilleur qu'ici.

MADAME PÉRÉMÈRE, *dédaigneusement.*

Non, vois-tu, tout ce bruit, tous ces gens qui parlent à tort et à travers, sébile, astrakan, Canada, pour ne rien dire, pince à épiler, hors classe, rage de dents, corne de cerfs – cela me fatigue les oreilles.

MONSIEUR PÉRÉMÈRE, *sentencieux.*

Ta mère a raison, pousse-caillou, rhume des foins, parlementaire. Il ne faut jamais, sucre de canne, patrouille, Trafalgar, parler pour ne rien dire !

Dora fait mine de s'en aller puis revient. Elle paraît hésiter à dire quelque chose.

DORA, *se décidant.*

Bon ! Alors, amusez-vous bien, tarte à la crème, aile de pigeon, poudre aux yeux... Vous recevrez peut-être une visite tout à l'heure...

Monsieur et Madame Pérémère ont paru ne pas entendre.

DORA, *insistant.*

Siphon, cascade, Armada, n'avez-vous pas entendu : j'ai dit que vous recevriez peut-être une visite, tout à l'heure...

MONSIEUR PÉRÉMÈRE, *désinvolte.*

Ah !

MADAME PÉRÉMÈRE, *l'air résigné.*
Ah !

DORA, *l'air à la fois mystérieux et badin.*
Je n'en dis pas plus : Crocus, populus, Antiochus.

Elle s'éloigne. Dès qu'elle a disparu, Monsieur et Madame Pérémère se penchent l'un vers l'autre et se parlent sur un rythme rapide, avec des airs conspirateurs.

MONSIEUR PÉRÉMÈRE
Encore un, tête de moule !

MADAME PÉRÉMÈRE
Pourvu, casque à mèche, que ce soit le bon !

MONSIEUR PÉRÉMÈRE
Cette fois-ci, garde à vous, Waterloo, sabretache, nous saurons bien à qui nous avons affaire. Nous le questionnerons…

MADAME PÉRÉMÈRE
Nous l'écouterons…

MONSIEUR PÉRÉMÈRE
Nous l'épierons, nous l'époussetterons, nous le mitraillerons…

MADAME PÉRÉMÈRE

Nous le saupoudrerons, nous le tartinerons, nous l'entrelarderons…

MONSIEUR PÉRÉMÈRE

Il n'aura plus un poil de sec !

Peu à peu, ils s'échauffent et radotent furieusement avec une sorte de férocité croissante.

MADAME PÉRÉMÈRE

Il n'aura plus de moelle au bec.

MONSIEUR PÉRÉMÈRE

On verra s'il a des kopecks.

MADAME PÉRÉMÈRE

Des biftecks.

MONSIEUR PÉRÉMÈRE

Des biceps.

MADAME PÉRÉMÈRE

Un forceps.

MONSIEUR PÉRÉMÈRE

Un brick.

MADAME PÉRÉMÈRE
Une Buick.

MONSIEUR PÉRÉMÈRE
Des pics, des briques.

MADAME PÉRÉMÈRE
Des clous, des choux.

MONSIEUR PÉRÉMÈRE
Des sapajous, des marlous, des Zoulous.

MADAME PÉRÉMÈRE
S'il est pauvre, on le tue.

MONSIEUR PÉRÉMÈRE
S'il n'est pas duc, on le butte.

Un jeune homme, d'allure timide et naïve, est entré dans la pièce. Monsieur et Madame Pérémère, se retournant, l'aperçoivent.

MADAME PÉRÉMÈRE, *enchaînant, mais ralentissant le débit.*
Butte en blanc… Phylloxéra…

MONSIEUR PÉRÉMÈRE, *même jeu.*
Mastaba… Collutoire… Isocèle…

Le jeune homme sourit d'un air stupidement aimable.

MADAME PÉRÉMÈRE, *s'efforçant de sourire, se levant et allant au-devant du jeune homme.*

Monsieur ? Éléphantiasis, propitiatoire ?

MONSIEUR PÉRÉMÈRE, *même jeu mais sans sourire, gardant l'allure digne et « militaire ».*

Sauvage, agrément, corpuscule, qui êtes-vous ?

LE PRÉTENDANT, *saluant avec grâce.*

Monsieur et Madame Pérémère, je pense ?

MONSIEUR PÉRÉMÈRE

Je suis Monsieur Pérémère et voici Madame Pérémère, pithécanthrope et gueule de loup... À qui ai-je l'honneur, vaporisateur, réfrigérateur ?...

LE PRÉTENDANT, *s'inclinant.*

Un jeune homme qui sollicite de vous un entretien, porc-épic, souffre-douleur, mésange...

Monsieur et Madame Pérémère échangent un coup d'œil, puis Monsieur Pérémère, d'un geste noble, désigne les sièges.

MONSIEUR PÉRÉMÈRE

Eh bien, asseyons-nous, voulez-vous, sur nos genoux ?

MADAME PÉRÉMÈRE

Ce ne sera pas long, j'espère, hémisphère ?

Ils s'asseyent. Un silence gênant.

MONSIEUR PÉRÉMÈRE

Je vous écoute, la croûte !

LE PRÉTENDANT, *intimidé, baissant les yeux et comme se parlant à lui-même.*

Arkansas, calamité, roulette, eurêka, misère, colle de pâte, Syracuse, élégie…

MADAME PÉRÉMÈRE, *charitable, cherchant à l'aider.*

Vous venez nous parler de notre fille, sans doute, de notre faucille, de notre pouliche, de notre salamandre ?

LE PRÉTENDANT, *acquiesçant avec enthousiasme.*

Oui, Madame ! Justement ! Une si charmante jeune fille ! *(Avec admiration :)* Une corniche, un clapier, une enquête, une armoire, une…

MONSIEUR PÉRÉMÈRE, *l'interrompant, rogue et inquisiteur.*

Votre profession, votre station, votre conflagration ?

LE PRÉTENDANT

Vétérinaire, notaire.

MONSIEUR PÉRÉMÈRE, *sévère.*
Vétérinaire ou notaire ?

LE PRÉTENDANT
Vétérinaire, actionnaire, caractère.

MONSIEUR PÉRÉMÈRE, *sec.*
Ne nous égarons pas ! Parlons net, colifichet, croquet, paltoquet !

MADAME PÉRÉMÈRE, *pitoyable.*
Ne te fâche pas, qui vivra verra !

MONSIEUR PÉRÉMÈRE, *à sa femme.*
Laisse-moi, croise tes bras. *(Au prétendant :)* Êtes-vous fortuné ? Qu'apportez-vous ? Un panier ? Une pelle, un berceau, un tableau ?

LE PRÉTENDANT, *lyrique.*
J'apporte mon talent, mon avenir, soupir, infini, ruissellement, voie lactée, anémone, horticulture, hélicoïdal.

MONSIEUR PÉRÉMÈRE, *ricanant et cynique.*
Ce n'est pas avec ces beaux sentiments, bonne d'enfants, Jamaïque et troïka, que l'on fonde une famille, une charmille, une chenille !

LE PRÉTENDANT

Mais je gagne ma vie !

MONSIEUR PÉRÉMÈRE, *sur le ton d'un juge d'instruction.*

Et combien gagnez-vous, asphodèle, arboricole, métabolisme ?

LE PRÉTENDANT, *se troublant.*

Tant par mois, pour moi, et les bénéfices et les bénéfusses en plus, et les honoraires pour les puces…

MONSIEUR PÉRÉMÈRE

Ce n'est pas beaucus ! Stradivarius ! Honorius ! Garde à vus !

MADAME PÉRÉMÈRE, *à son mari, à voix basse.*

Sois donc plus aimable ! Tu vois bien que ce jeune homme tremble sur ses pommes ! Sois charitable, mets-le à table ! *(Au prétendant, avec poésie :)* Je suis sûre que vous êtes poète ? Ah ! les mandibules, mortadelles, sarcelles, le soir descend, vous avez vingt ans…

LE PRÉTENDANT, *ridiculement sentimental, se levant, une main sur le cœur.*

Oui, j'ai vingt ans, je prends le large, je passe à la nage, les yeux au sec, le nez au ciel, passe-moi le miel et le sel. La terre est ma poussière, mon cœur est ma sœur. Sacrificateur, hyposulfite, cardinal, ambiance, amarante, herboriste, humidité, puériculture...

Pendant qu'il parle ainsi, Dora est entrée subrepticement et donne des signes d'impatience ; puis elle éclate de rire.

DORA, *interrompant le prétendant et le désignant du doigt.*

Ce n'était pas ce pied-plat qui devait vous rendre visite ! Ce galapiat. Ah ! non ! *(Avec une joie brutale et provocante :)* Ce mouchoir, ce tartiné ! Celui que j'aime est un Asdrubal, tout en galoches, avec des lotus plein les poches. Mirus, étincelle, ordure, il me serre dans ses draps, contre son moteur. Il ne fait rien de ses dix bras. Tout le jour, sur le port, il joue aux filles, lance la quille, et la boule. Un vrai néant ! Je vais le retrouver de ce pas ! *(Presque crié :)* Fulgure ! Astrale ! Vertébré ! Atlantique ! Éperon ! *(À tue-tête :)* Ca-ra-van-sé-rail !

Elle sort.

Rideau

Postface

L'écrivain Jean Tardieu (1903-1995) est probablement mieux connu pour son théâtre que pour le reste de ses écrits. Et sur les trente-huit pièces qu'il a laissées, nul doute qu'*Un mot pour un autre*, pièce maîtresse de sa « comédie du langage », est la plus souvent jouée. Pour la seule décennie 1980-1990, on a recensé jusqu'à un millier de représentations.

Souvent choisies par des troupes de jeunes comédiens, celles qui ont les plus petits moyens à leur disposition, ces petites pièces ont un succès compréhensible : courtes, elles ne nécessitent aucun dispositif complexe, ni dans le décor ni dans les costumes. Mais surtout, leur puissance comique est telle qu'il est presque impossible de les jouer sans provoquer dans l'assistance une houle contagieuse. Rire garanti : quelle aubaine !

Pourtant ce succès est fort différent de celui qu'espérait l'auteur. Si elle témoigne de rares dispositions à la fantaisie, l'œuvre de Tardieu n'est pas réductible à ce seul effet.

Poète avant tout, Jean Tardieu a essentiellement cherché à percer le mystère de la signification. Pourquoi les mots possèdent-ils ce pouvoir de faire rire, d'émouvoir, de faire peur ou de réjouir ? Permettent-ils de tout dire, de tout connaître ? Qu'y a-t-il en eux, dans leur sonorité, leur forme, l'usage qu'on en fait, pour expliquer ce miracle du sens ? Ce sens dont ils se veulent porteurs, est-il sûr ? Ou encore : peut-on leur faire confiance ?

Les perspectives ouvertes par ces questions ne sont pas seulement parées des vives couleurs du rire. Il y a en elles aussi de la gravité et de l'angoisse. C'est pourquoi, qu'il écrive des poèmes ou des textes sur l'art, des nouvelles effrayantes, des souvenirs ou des essais sur la création, Tardieu s'est plu à explorer des directions et des tonalités extrêmement variées. Il a joué sur tous les tons au « Clavier bien tempéré » de l'écriture. Mais il a toujours cherché à évaluer les capacités du langage, à expérimenter son élasticité, à trouver ses limites.

Ainsi, c'est en expérimentateur qu'il en est venu, presque par hasard, à écrire des pièces de théâtre. Après la Seconde Guerre mondiale, alors qu'il rédigeait des critiques dramatiques pour un hebdomadaire, il se sentit atterré par la médiocrité de la production offerte au public. Et c'est pourquoi, en même temps que d'autres dramaturges d'importance tels que Beckett et Ionesco, il entreprend à sa manière de renouveler le répertoire.

Sa manière ? essentiellement, la parodie. Se coulant dans le moule que lui offre la comédie de boulevard, genre vieillot, figé dans ses conventions et ses éternels caractères (le triangle mari-femme-amant ou bien les deux couples antagonistes vieux parents-jeunes amoureux), il entreprend de dynamiter ce moule en plaçant au premier plan non pas l'action, mais l'expression.

Il veut montrer que ces gens-là n'ont rien à se dire. Ce ne sont d'ailleurs pas des « gens », des personnes, mais des personnages, vraiment. Presque des figurants, attachés à des rôles usés, élimés. Ils ne font que jouer une partition depuis longtemps écrite et entendue.

L'idée formidable de Tardieu, dès lors, c'est de leur faire jouer en effet cette partition. De mettre dans leur bouche de théâtre des mots qui ont cessé d'avoir un sens par eux-mêmes, qui ne sont plus des signes.

Détachés de toute référence au réel, ils se baladent le long de la voix sans dire autre chose que la vanité du discours, la transparence de celui qui le prononce, la banalité de la situation où il se trouve. Dès lors, les mots libérés de la nécessité de signifier se mettent à rimer, la conversation la plus banale devient extraordinaire, les échanges les plus convenus rivalisent d'invention. L'espace immobile et renfermé du drame « petit-bourgeois » se fait explosion d'images, de couleurs étonnantes et, bien entendu, s'anime d'un comique nouveau.

Car le spectateur, lui, connaît bien le sens des mots, et croit en reconnaître la musique. Mais l'auteur, à cet instant précisément, lui a tendu un piège. Il ne lui fait pas entendre le mot qu'il attend, ni celui qu'il croit ou veut entendre, mais « un autre » ou plusieurs autres – qui n'ont rien à faire là. Ou encore... il n'en met aucun là où il en faudrait un seul. Et ce ne sont plus que quiproquos, dérapages, sous-entendus. Sur scène déferlent les à-peu-près, les équivoques, les bizarreries.

Le langage, devenu musique, révèle alors un autre aspect des choses, ouvre la porte d'un autre univers, cocasse, délicieux, surprenant, où tout le monde paraît se comprendre malgré la valse insensée des mots.

C'est là, bien sûr, qu'on retrouve notre poète.

Car ces mots soudain surabondants, tempétueux, irrésistibles, ne jaillissent pas sans contrôle. On remarque que bien souvent ils se ressemblent : à défaut d'avoir un sens, au moins ont-ils un « air de famille » avec le sens. Ils riment, se cachent derrière une ressemblance. Ailleurs au contraire, ils se révèlent, se remplacent ou en dissimulent d'autres, peut-être moins bien venus (qui est-elle, au juste, cette « vieille popote qui fait le lutin près du Pont-Bœuf » ?).

Aussi, à les prendre toutes trois, ces pièces nous offrent une singulière leçon de poétique. On y apprend comment et pourquoi le sens réside plus souvent hors des mots qu'en eux. Parce qu'ils en sont parfois dépourvus (*Les Mots inutiles*), qu'ils le portent malgré eux (*Un mot pour un autre*) ou sans même être dits (*Finissez vos phrases !*), les mots excèdent le sens, font image et musique, et demeurent les moyens toujours inattendus d'un plaisir poétique. Essentiellement porté par les regards, les gestes et les intonations, le sens du texte soumet à rude épreuve les ressources du théâtre.

Jouer Tardieu s'avère donc beaucoup moins facile qu'on ne le croit, pour cette raison simple : le génie de la langue y est montré en état de décomposition. Dans les hauts cris qu'il pousse, on l'entend réclamer l'aide d'un autre génie, celui de la comédie.

Laurent Flieder

À Christian Rist

Petit carnet de mise en scène

Denis Podalydès

Travail à la table

Avant de se jeter sur la scène, porté par l'enthousiasme et le rire, il faut prendre quelques petites précautions, pour ne gâcher ni ce rire ni cet enthousiasme, mais au contraire pour les faire fructifier.

Quelques précautions

Lire et relire la pièce

Tout d'abord, il faut lire et relire la pièce que l'on veut jouer. Si l'on a autant de plaisir à la relecture qu'à la lecture, si l'on en a même plus, si l'on se surprend à lire à voix haute, si l'on se risque à lire quelques passages à des amis, à la famille, cela veut dire que le désir de jouer la pièce se précise et s'impose. De relecture en relecture, on s'aperçoit que le texte vient tout seul en bouche, des morceaux entiers se sont gravés dans la mémoire, sans que l'on s'en rende compte.

Lire autour de la pièce

Les trois pièces, *Un mot pour un autre*, *Finissez vos phrases !*, et *Les Mots inutiles* font partie d'un ensemble intitulé *La Comédie du langage*.

À l'origine, l'auteur, Jean Tardieu, attribuait cet ensemble de pièces à un scientifique de son invention, le professeur Frœppel. Bien entendu ce professeur n'a jamais existé, et il est à moitié fou ! Pour s'amuser, il faut lire l'hilarant dictionnaire des mots sauvages de la langue française écrit par ce délirant professeur. Il y donne de précieuses définitions de mots enfantins, d'onomatopées et autres expressions usuelles : « *Ah ?* », « *Ah !* », « *Ah ! Ah !* », « *Aïe !* », « *bébête* », « *baoum* », « *guili-guili* », etc. Tout cela se trouve dans un livre publié par Gallimard, intitulé *Le Professeur Frœppel*.

Ces lectures réjouissantes vous mettront certainement en appétit. Elles vous indiqueront aussi le sens de la recherche poétique et comique de Jean Tardieu, l'invention et la mise en scène de jeux multiples dans le langage et par le langage.

Qui était Jean Tardieu ?

On peut aussi se documenter, se renseigner sur la personnalité de Jean Tardieu, notamment en lisant la postface qui figure dans ce livre.

On découvrira en outre qu'il a travaillé longtemps pour la radio, où l'aspect purement sonore et musical compte tant.

Cependant les recherches de Tardieu ne portaient pas seulement sur le son mais sur toute la « mécanique » théâtrale, sous son aspect tour à tour comique, dramatique ou poétique. Écrivain du XXe siècle, Tardieu portait en lui l'idée que tout avait déjà été dit par les grands dramaturges : il pensait alors à la tragédie antique, à Shakespeare, à Molière. Pourtant son théâtre n'est pas une rupture avec ce théâtre dit « classique ». Tardieu propose plutôt un travail très élaboré et précis sur tous les mécanismes et les rouages qui permettent au théâtre de fonctionner.

Pour faire écho à cette précision, l'acteur sera tout entier, corps et voix, instrument de musique, de bruit, de geste et de langage.

Un théâtre musical

Le théâtre de Tardieu est précis, pur et musical. Il faut d'entrée éliminer ce qui pourrait nuire à cette pureté : les personnages trop lourdement caricaturés ou trop clownesques, un jeu grossier, des voix trop trafiquées. On mesurera mieux alors la difficulté et la beauté de ce théâtre : c'est en ne pesant rien qu'il trouve sa densité. Sa simplicité est son mystère, ou inversement.

Songeons à ce que Marivaux exigeait de ses acteurs : « Qu'ils ne semblent jamais connaître la valeur de ce qu'ils disent. » Cela pourrait tout autant se dire du théâtre de Jean Tardieu.

Pour compléter la rêverie, pensons au légendaire Charlie Chaplin, à la délicatesse de ses mouvements, ses gestes, sa démarche. Vous pouvez également penser à un dessinateur, considéré comme le père de la bande dessinée, Tœpffer. Son dessin est précis, sûr, ferme. Et si vous le pouvez, tâchez d'écouter la musique de compositeurs contemporains de Tardieu : Éric Satie, Ravel ou Debussy. Ils sont aussi virtuoses et légers à la fois.

Le moment est venu de monter sur la scène.

Notes sur le décor

Qu'est-ce que la scène?

La « scène » peut être n'importe laquelle, celle d'un vrai grand théâtre, d'un tout petit théâtre, un auditorium, un podium, un tréteau. Elle peut être encore un espace imaginaire que l'on peut délimiter au sol ; n'importe quel sol, parquet d'appartement, linoléum, béton, bitume, sable de plage, etc. Enfin, on peut même tracer dans sa tête un espace-scène si l'on est vraiment immobilisé. Peu importe.

Faut-il un décor complet?

Au début d'*Un mot pour un autre*, on lit : « *Décor : un salon plus "1900" que nature* ». Pourquoi « *plus "1900" que nature* » ?

On peut imaginer un décor 1900, regarder des photos ou des tableaux de cette époque, et trouver des éléments qui suggèrent ces années-là, chaises, fauteuils, entassement de tapis, phonographe, tentures Belle Époque. L'idéal serait d'avoir un « vrai » décor de théâtre, mais il n'est pas nécessaire de fabriquer un décor complet. On peut le construire à partir d'un seul élément, ou de quelques éléments, qui évoqueraient l'époque 1900. (Tardieu est né en 1903, soit à l'époque en question.) De même que la situation est très simple, le décor est très caractérisé, facilement reconnaissable.

Il existe aussi des moyens de remplacer la présence d'un meuble, le piano de Madame par exemple, ou « *grand crocodile de concert* » dans *Un mot pour un autre*. Si l'on n'a pas de piano, on peut faire comme s'il était dans la proche coulisse, masqué au spectateur. L'acteur n'a qu'à s'asseoir devant la coulisse, si bien qu'en avançant ses mains, celles-ci disparaissent à la vue du spectateur et donnent l'illusion de jouer du piano, dont le son sera diffusé par un magnétophone.

L'important est que le décor, l'espace de jeu, soit «normal». Il ne doit rien avoir d'étrange, de bizarre, ni d'incongru. L'insolite ne doit venir que des mots et n'aura d'effet qu'à la condition que tout autour soit quotidien, « conventionnel ». On verra pourquoi.

Notes sur la mise en scène

Un regard extérieur

Il existe un moyen simple pour organiser les mouvements des personnages, les entrées et les sorties, pour que l'action soit claire, que l'on ne se bouscule pas : demander à un camarade qui n'est pas en scène à ce moment-là de se mettre dans la salle et de se faire spectateur. Son rôle sera d'interrompre les acteurs dès qu'il sera gêné par un mouvement confus, une réplique qu'il aurait mal entendue, des placements qui ne seraient pas logiques.

Grâce au regard extérieur de ce camarade, des idées nouvelles viendront et la répétition deviendra création. On se payera le luxe d'éviter les brouilles, les querelles ou les interminables discussions qui souvent s'emparent des acteurs livrés à eux-mêmes sur un plateau.

Lorsque tout le monde est en scène, il ne faut pas hésiter à demander à une tierce personne qui ne joue pas du tout de se mettre dans la salle...

Petits exercices d'échauffement

Afin que les acteurs aient des mouvements naturels, qu'ils soient mobiles, voire agiles, aussi bien dans leur corps que dans leur voix, il peut être tout à fait bénéfique, avant de répéter, de se livrer à un petit échauffement tous ensemble. La troupe gagnera plus vite en cohésion, se disciplinera d'elle-même et travaillera bien mieux.

Le texte de Jean Tardieu nécessite avant tout une technique (au sens musical du terme) très sûre qui permette de « filer » les textes de façon naturelle, de même qu'il faut avoir fait beaucoup de gammes pour jouer un trait de Mozart en donnant l'impression d'une absolue facilité.

Pourquoi ne pas effectuer quelques mouvements de gymnastique, chanter ensemble, écouter de la musique ? Pourquoi ne pas non plus se livrer à des exercices plus ludiques, faire des imitations, improviser des animaux, échanger les personnages, lire à tue-tête d'autres textes de Tardieu, danser ?

Comment faire bouger les acteurs?

Dans *Un mot pour un autre*, comme dans les autres pièces de Tardieu, les mouvements des acteurs ne sont pas compliqués. Ils sont vite déterminés par les places assises que prennent les personnages féminins, du moins au début, lorsqu'ils prennent ensemble le thé. Dès que l'action bascule, qu'un événement se produit, un «coup de théâtre», il faut modifier les places, se lever, alterner les positions, etc.

Faire en sorte que les corps racontent l'histoire autant que les voix.

Notes sur l'interprétation

« Un mot pour un autre »

Des personnages malades

Il faut commencer par bien lire le préambule de la pièce.

On y parle d'une maladie. *« Le plus curieux est que les malades ne s'apercevaient pas de leur infirmité »* : les personnages ne se rendent pas compte qu'ils disent un mot pour un autre.

Il faut donc que tous les comédiens fassent semblant de parler et de se comporter de la façon la plus normale possible, notamment au début de la pièce. L'atmosphère de la pièce est on ne peut plus quotidienne : c'est le train-train.

Comme si de rien n'était

Irma, qui apporte le courrier, doit dire avec le plus parfait naturel, sans rien jouer de comique ni d'étrange : «*Madame, la poterne vient d'élimer le fourrage.*» Et sa partenaire lui répondra de la façon la plus banale : «*C'est tronc, sourcil bien.*»

Ainsi le spectateur pourra comprendre, comme en traduction : «Madame, la poste vient d'apporter le courrier. – C'est bon, merci bien.»

C'est toujours en rendant la situation parfaitement claire et simple, comme si de rien n'était, qu'on fera comprendre l'incompréhensible. Le spectateur acceptera comme une évidence l'absurdité la plus flagrante et l'on provoquera le rire.

Ce principe vaut tout au long de la pièce et doit être préservé jusqu'au bout.

Donc, pas d'hystérie : les personnages ne sont pas des fous, mais des malades du vocabulaire.

Un faux vaudeville

Il ne faut jamais perdre de vue que cette pièce a été écrite à partir du modèle de ce que l'on appelle le vaudeville où les personnages, le mari, la femme et l'amant, forment un triangle.

Mais chez Tardieu le comique ne vient pas de la situation, il vient des mots. C'est le décalage produit par le langage – les mots pour les autres – qui en fait une comédie. Il faut jouer les bizarreries comme si elles étaient normales, avec naturel.

Les didascalies

Il faut bien lire les indications de mise en scène, ou « didascalies ». C'est en les maîtrisant parfaitement qu'on peut s'en libérer. Celles-ci sont particulièrement bien écrites, et parfois très savoureuses.

Exemple : «*Le comte, très Jules-César-parlant-à-Brutus-le-jour-de-l'assassinat. – Ah ça ! vous aussi, ma cocarde ?*»

Ces indications sont parfois si cocasses qu'on peut même envisager de les dire. Soit chaque acteur ferait de la didascalie qui le concerne un ordre qu'à haute voix il se donnerait à lui-même. Soit une tierce personne pourrait prendre en charge cette fonction directrice.

Imaginons qu'un personnage, une sorte de monsieur Loyal, soit là, présent en scène, tout le temps de l'action. Imaginons qu'il dise le préambule, introduise les personnages, commente leurs actions, donne les indications, souffle le texte en cas de trou de mémoire. Il conduirait ainsi la représentation à la baguette.

Ceci permet en outre de supprimer les difficultés de décor. Ce « chef d'orchestre » décrirait ce qu'on ne voit pas, éventuellement ferait les bruitages et la musique ; il pourrait même suppléer aux défauts des acteurs.

Par exemple, au moment de l'entrée en scène de Monsieur de Perleminouze, il ordonnerait à Madame de Perleminouze de s'arrêter de chanter. Elle s'écrierait : « *Fiel, mon zébu !* » Il dirait alors sévèrement la didascalie : « *avec sévérité* ». Alors peu importe que l'actrice exécute mal cette réplique, puisque le spectateur en aura compris le sens.

Ainsi, il y a quelques années, au théâtre de Chaillot à Paris, Christian Rist a mis en scène plusieurs pièces de Tardieu (j'étais un des acteurs). Il joua lui-même ce rôle de chef d'orchestre : baguette à la main, placé dans le trou du souffleur, il résumait l'action, l'accélérait parfois, disait toutes les didascalies. Le décor ne consistait qu'en panneaux de diverses tailles que les acteurs déplaçaient eux-mêmes sous son impulsion vive, et la pièce devenaient une fantasmagorie comique et musicale en mouvement. Au grand plaisir du spectateur.

Clef du spectacle, cette idée toute simple soulignait l'originalité du théâtre de Tardieu, où les acteurs doivent être les instruments du poète, parfaitement accordés, parfaitement à l'unisson. Tels des musiciens d'orchestre, les comédiens ne valent jamais par eux-mêmes, mais par leur contribution à la bonne exécution de l'ensemble.

« Finissez vos phrases ! »

Comment jouer la fin des phrases ?

La difficulté majeure de *Finissez vos phrases !* est la fin, ou le suspens, des phrases.

Faut-il faire entendre qu'on ne finit pas sa phrase, en laissant traîner la dernière syllabe ? « *Comment allez-vous depuis queueue... ? – Depuis que... ? Eh bien, j'ai continué àààà...* » On supposerait les deux personnages gênés au point de ne parvenir jamais à s'exprimer entièrement.

Quel temps donner à ce suspens ? Faut-il l'allonger ou le faire très court ?

C'est un exercice difficile : les acteurs peuvent s'entraîner à penser la fin des phrases tout en ne la prononçant pas réellement. Souvent les comédiens qui jouent cette pièce ont tendance à laisser tomber la voix ou bien à accentuer la dernière syllabe. Il faut au contraire se concentrer sur le fait que cette dernière syllabe ne serait pas la dernière si la phrase était complète. Elle n'est qu'un passage suivi de blanc, comme lorsque le téléphone marche mal et qu'on n'entend que des bribes de la conversation.

Apprendre à doser

On ne peut pas trancher nettement en faveur de l'un

ou de l'autre parti. Le théâtre de Tardieu est affaire de subtils dosages, d'équilibre savant entre le jeu poétique, musical, et le jeu psychologique, réaliste. Si l'on joue cette pièce en ne tenant pas compte des suspens, de l'étrangeté de ce trouble du langage, on risque la saturation et la monotonie. De même si l'on adopte franchement l'autre parti.

Laissons-nous conduire au fil du dialogue.

Pour bien faire entendre la règle du jeu au début de la saynète, il ne faut pas hésiter à créer du suspens, laisser la voix en l'air un petit temps. Les personnages interrompent les phrases parce qu'ils sont embarrassés, modestes, ou parce qu'ils ont trop d'enthousiasme, trop d'amour. Ce sont des caractères fragiles, touchants et drôles. Deux petites personnes du commun que tout dépasse, que tout submerge, qui n'ont tout simplement pas les mots pour le dire, comme il arrive souvent dans la vie aux gens timides, dont on peut penser : le langage n'est pas fait pour eux.

Quand accélérer le rythme ?

Une fois que l'homme et la femme se sont regardés un temps très long, comme le précise Tardieu (il faut jouer la longueur de ce temps), la règle du jeu peut basculer. Le spectateur l'a comprise, il est prêt à savourer le plaisir de la variation. Il faut accélérer le tempo. La réplique de la femme va dans ce sens : « *Mais pas de, non, non, rien, rien. Je vais jusqu'au, pour aller chercher mon. Puis je reviens à la.* »

Les acteurs, insensiblement, n'ont plus à marquer de temps psychologique. Ils ont la situation bien en main, ils laissent opérer la musique de leurs paroles coupées. La pièce prend alors l'allure d'un « duo de concert », avec de futurs amants déjà complices.

Néanmoins, rien ne doit jamais devenir mécanique. Certaines répliques exigent du doigté.

Intention galante : « *Me permettez-vous de...* »

Étouffement de chagrin lorsque la femme raconte l'accident de son mari : « *Lui qui, avoir eu tant de ! et voilà que plus ! et moi je, moi je, moi je !* »

Affolement au passage rapide des voitures : « *Attention, voilà une !* » « *En voilà une autre !* » Ces deux petites personnes sont égarées au milieu du monde hostile de la circulation.

Mille nuances sont ainsi permises par ce jeu des phrases inachevées. C'est tout le plaisir de l'interprétation de proposer et de jouer à loisir ces variations infinies.

La scène d'amour, à la fin de la pièce, est d'autant plus belle que le principe sert parfaitement la situation : « *Enfin, aujourd'hui, voici que, que vous, que moi, que nous !* » L'extase amoureuse se traduit par une musique du langage qu'il faut bien faire entendre : « *C'est vrai, nous deux, comme c'est, quel, quel ! – Tel quel ! Tel quel !* »

C'est donc le balancement délicat entre les sentiments des personnages et l'exécution musicale des comédiens qui fera la saveur de la pièce et suscitera le rire.

« Les mots inutiles »

Le comédien doit-il mettre en valeur les mots inutiles ?

Remarquons d'abord que les didascalies sont irrésistibles, de la présentation des personnages aux moindres indications de ton. Se priver de les dire serait dommage.

La difficulté d'interprétation est semblable à celle de *Finissez vos phrases !* On se doute, connaissant mieux Tardieu, que la réponse est aussi dans un subtil mélange du même ordre.

Au début, mieux vaut peut-être ne pas faire un sort aux mots inutiles, et procéder comme dans *Un mot pour un autre* : laisser entendre que ces mots sont parfaitement fondus dans la parole courante. Dire d'une traite, par exemple : « *Je retourne encore celle-ci, œuf à la coque, gare de triage, et voici l'as de carreau...* » Et de même : « *Vous êtes bien silencieux, Gustave ! Poil de carotte et riz caroline, vous n'êtes pas souffrant, j'espère ?* »

C'est dans l'oreille du spectateur que le travail doit se faire : c'est lui qui va prêter des nuances que l'acteur n'aura pas réellement jouées, en entendant une succession de mots déplacés, hors contexte, qui coloreront l'ensemble de la réplique. Ainsi lorsque Monsieur Pérémère dit : « *Ne vais-je pas te soulever, jupon, soutien-gorge et mandragore ?* », parlant d'une carte à jouer, le spectateur entend une nuance coquine que l'acteur n'aura qu'à peine indiquée.

Les mots inutiles ont un sens

Les mots inutiles sont inutiles certes, mais ils possèdent leur sens propre. Le choc de leurs associations inattendues parfume la scène de tout ce qu'ils évoquent et signifient. L'acteur doit faire en sorte que l'on comprenne le sens de chaque mot séparément. La diction doit être fluide, aisée.

La musique des mots

Les mots inutiles sont une anomalie, une maladie du langage que les personnages atteints ne perçoivent pas – comme dans les deux autres pièces. Et le jeu des sonorités accentue cet effet.

« Attends un peu, fils à papa, saltimbanque, billet de banque, compte en banque, rastaquouère, moustache en croc, croc-en-jambe, bilboquet, savon, locomotive, surprise, soupière... » Les sons en « k » martèlent la rage de Madame Pérémère. Puis elle parvient à se calmer, à prendre sur elle. Des sons plus doux, en « i », en « s » et en « v », remplacent les accents plus durs du début de la réplique.

Dans la bouche de la jeune fille, Dora, chaque mot inutile est empreint de douceur, de sensualité juvénile : *« Amusez-vous bien, tarte à la crème, aile de pigeon, poudre aux yeux... »* Il convient de bien enchaîner cette série, sans respirer entre les groupes de mots, afin que l'élan de la phrase ne soit pas rompu et que les mots se répandent comme une traîne soyeuse et mystérieuse.

L'importance du rythme

Après la sortie de Dora, la suite devient nettement plus musicale. Lorsque Monsieur et Madame Pérémère échangent les répliques très courtes : *« Brick-Buick-sapajous-zoulous-marlous, etc »*, c'est une pure affaire de rythme. Le spectateur doit être emporté dans une avalanche sonore qui réclame une grande rapidité et une grande souplesse d'exécution.

Puis la cadence s'apaise, comme ralentit un mouvement rapide en musique. Elle laisse place au mouvement suivant, l'entrée du prétendant, qui s'empêtre dans des mots à la prononciation bourbeuse : «*Arkansas, calamité, roulette, eurêka, misère, colle de pâte, Syracuse, élégie...*» Les sonorités et les significations de ces mots sont heurtées et contradictoires. À la connotation mollasse et visqueuse de «*colle de pâte*», s'oppose la douceur romantique de «*Syracuse, élégie*». L'acteur s'appuiera sur ces effets musicaux pour jouer l'embarras et la maladresse du jeune homme.

Ainsi les mots inutiles ont peu à peu pris toute la place et règnent en maître. Les interprètes doivent laisser opérer dans leur jeu et leur diction cette invasion sonore. Ils peuvent maintenant détacher certains mots, leur donner une valeur indépendante, créer des silences entre ceux-ci. On n'entend plus qu'eux.

L'enchantement de la fin

La dernière réplique de Dora est un bel hommage à ces mots qui occupent tout l'espace de la phrase. Ils chantent la liberté conquise de la jeune fille, sa fantaisie absolue, son mépris de tout conformisme. La voici qui disparaît vers l'orient du mot «*ca-ra-van-sé-rail*», un mot démesurément allongé, agissant comme un immense rideau qu'elle fait tomber derrière elle.

Pour produire l'effet d'enchantement final, il faut bien doser la progression du langage inutile. On pourrait envisager de dire faiblement et rapidement ces mots, au début, et peu à peu augmenter l'intensité de leur émission. Ou, d'abord, l'acteur les lie parfaitement au reste de la phrase, puis il les détache au fur et à mesure.

Rien ne doit être trop systématique, ni vendu d'avance. Il faut se prêter au jeu, laisser venir les impressions, les rythmes, les tempos, les cadences, et les personnages vivront.

Conclusion

Je citerai, pour finir, quelques lignes de Jean Tardieu, tirées de la préface de son premier recueil de pièces. Elles me semblent nouer les fils de son théâtre.

« J'ouvrais par intervalles la porte de ce grenier, mon Théâtre de chambre. Je percevais des fragments dispersés d'une comédie, les bribes incohérentes d'un drame. J'entendais quelques rires, des éclats de voix, quelques répliques furtivement échangées, et je voyais apparaître sous le rayon du projecteur quelques êtres ridicules ou aimables, touchants ou terribles, qui semblaient échappés d'une aventure plus ample et s'en venaient à moi comme s'ils avaient reçu mission de m'intriguer ou de m'inquiéter, en ne m'apportant de ce monde pressenti que de lointains échos. Je notais ces fragments, j'accueillais ces fantômes de passage, je leur offrais un minimum de logement et de nourriture, mais je ne me sou-

ciais pas de fouiller plus avant dans leur passé ou leur avenir, ni de savoir si ces apparitions fugitives avaient de plus profondes attaches dans l'atelier des ombres.»

Créatures fragmentaires, mystérieuses et sympathiques, sortant délicatement de la nuit d'un autre monde, jouant leur comédie fugace et drolatique sur un vieux plancher de grenier, c'est ainsi que j'ai toujours rêvé les personnages de Tardieu.

Lorsqu'il m'est arrivé d'en jouer quelques-uns, j'ai toujours repensé à ces lignes. Il est utile de s'en inspirer pour se préserver de l'exagération, garder de la profondeur dans la légèreté, et n'en demander pas plus. Le reste est affaire d'exécution.

Autres titres de la collection

Jacques Prévert, *À perte de vie*
Jacques Prévert, *Le Beau Langage*
Raymond Queneau, *En passant*

Loi n°49-956 du 16 juillet 1949
sur les publications destinées à la jeunesse
ISBN 2-07-054135-5
Numéro d'édition: 93798
Numéro d'impression: 86170
Dépôt légal: février 2000
Imprimé sur les presses de l'Imprimerie Hérissey à Évreux (Eure).